문학과지성 시인선 276

일곱 개의 단어로 된 사전

진은영 시집

문학과지성사에서 펴낸 진은영의 시집

우리는 매일매일(2008)
나는 오래된 거리처럼 너를 사랑하고(2022)

문학과지성 시인선 276

일곱 개의 단어로 된 사전

초판 1쇄 발행 2003년 7월 24일
초판 18쇄 발행 2022년 9월 21일

지 은 이 진은영
펴 낸 이 이광호
펴 낸 곳 ㈜문학과지성사
등록번호 제1993-000098호
주 소 04034 서울 마포구 잔다리로7길 18(서교동 377-20)
전 화 02)338-7224
팩 스 02)323-4180(편집) 02)338-7221(영업)
전자우편 moonji@moonji.com
홈페이지 www.moonji.com

ISBN 89-320-1438-8 02810

문학과지성 시인선 276

일곱 개의 단어로 된 사전

진은영

2003

시인의 말

혜린, 성숙, 애령, 우주, 미혜, 예진, 지엽, 정하, 인숙
그리고 화수, 내 詩의 친구들에게

2003년 7월
진은영

일곱 개의 단어로 된 사전

차례

제2부 청춘

제3부 바깥 풍경

제1부 일곱 개의 단어로 된 사전

자, 밤은 길고
자신을 평가하는 모든 시인은
자신의 고유한 사전을 가져야만 한다
—파라

모두 사라졌다

위대한 악을 상속 받았던 도둑들은 모두 사라졌다
밤〔夜〕 속에 가득하던 전갈들도

혼자 바닷가를 걷다가
바위와 바위 사이 구멍에 끼인 발

부어올라 빠지지 않는,
밀물이 들어오는 시간

검은 비닐 봉지조차 가끔은
주황 지느러미가 빛나는 금붕어를 쏟아낸다

어떤 표정을 지어야 할까? 이런 예언을 듣고,
모든 표정이 사라지는 한밤중에

교실에서

우리는 책을 덮고 창가로 가서 밖을 바라본다
백주대낮에는
하느님이 정하신 일만 일어나므로

사제에게 쫓겨난 사람들이
길 위를 메우고
앰뷸런스와 소방차로 거리는 활기차다
열차는 수백 명을 태운 채
강물로 뛰어들 뻔했다

물고기들이
노란 사이렌을 울리고
놀라서 고개 돌리면
저녁은 이미 교실 안으로 와 있다

칠판에는 백묵으로 무언가 적혀 있고
어둠 속에서 글자들은
너무 멀리 있어 이름을 알 수 없는 별처럼
희미하게 빛난다

하루 종일 침묵한 입을 위해
우리는 서로에게
강철로 된 드롭프스를 넣어준다

고흐

왼쪽 귓속에서 온 세상의 개들이 짖었기 때문에
동생 테오가 물어뜯기며 비명을 질렀기 때문에
나는 귀를 잘라버렸다

손에 쥔 칼날 끝에서
빨간 버찌가
텅 빈 유화지 위로 떨어진다

한 개의 귀만 남았을 때
들을 수 있었다
밤하늘에 얼마나 별이 빛나고
사이프러스 나무 위로 색깔들이 얼마나 메아리치는지

왼쪽 귀에서 세계가 지르는 비명을 듣느라
오른쪽 귓속에서 울리는 피의 휘파람을 들을 수 없기
때문에

커다란 귀를 잘라
바람 소리 요란한 밀밭에 던져버렸다
살점을 뜯으러 까마귀들이 날아들었다

두 귀를 다 자른 사람들이 우르르 몰려와
멍청한 표정으로 내 자화상을 바라본다

일곱 개의 단어로 된 사전

봄, 놀라서 뒷걸음질치다
맨발로 푸른 뱀의 머리를 밟다

슬픔
물에 불은 나무토막, 그 위로 또 비가 내린다

자본주의
형형색색의 어둠 혹은
바다 밑으로 뚫린 백만 킬로의 컴컴한 터널
—여길 어떻게 혼자 걸어서 지나가?

문학
길을 잃고 흉가에서 잠들 때
멀리서 백열전구처럼 반짝이는 개구리 울음

시인의 독백
"어둠 속에 이 소리마저 없다면"
부러진 피리로 벽을 탕탕 치면서

혁명

눈 감을 때만 보이는 별들의 회오리
가로등 밑에서는 투명하게 보이는 잎맥의 길

시, 일부러 뜯어본 주소 불명의 아름다운 편지
너는 그곳에 살지 않는다

커다란 창고가 있는 집

1

여자가 이사오던 날 밤
어둠은 검은 글라디올러스처럼 피어났다
여자는 방에서 나와
마당 끝에 있는 창고로 걸어 들어갔다
둔중하게 철문 닫히는 소리가 들렸다

사람들은 여자가 없을 때
몰려와 창고 문을 두드려보았다
이웃집 K가 말했다
—그녀는 귀중한 걸 넣었습니다
그러나 무엇인지 보지 못했습니다
너무 어두웠기 때문에

사람들은 수군거렸고
용감한 X와 Y가 열쇠를 훔쳐왔다
여자의 열쇠가 말했다
—무언가 대단한 걸 넣어두었습니다
그러나 알 수 없습니다
문밖 구멍에 달려 있었기 때문에

2

모두의 이마 위에
번쩍이던 철문 위에
시간의 부드러운 염산 방울이
똑, 똑, 떨어져내렸다
붉게 썩어가는 창고 앞에서
다시 회의가 소집되었다
—무엇이 들었습니까

여자가 대답했다
—무언가 귀중한 걸 넣어두었습니다
　그러나 알 수 없습니다
　그땐 너무 젊었기 때문에

사람들은 궁금했고 그녀도 그랬다
모두들 문을 열어보기로 했고
넣어둔 것을 기증하기로 했다
어둠 속에서 여자가 떨리는 손으로 열쇠를 돌렸다

창고 속으로 별빛이 쏟아지며

텅 빈 안이 환하게 드러났다
여자와 사람들은 밤하늘을 향해 외쳤다
—우리는 보지 못했습니다
　그러나 굉장한 것이 들었다고 생각했습니다
　잠가두었기 때문에

가족

밖에선
그토록 빛나고 아름다운 것
집에만 가져가면
꽃들이
화분이

다 죽었다

이전 詩들과 이번 詩 사이의 고요한 거리

이 시에는 아무것도 없다
네가 좋아하는
예쁜 여자, 통일성, 넓은 길이나 거짓말과 같은 것들이

다만

　　문을 열자 쏟아지는 창고의 먼지, 심한 기침 소리
　　네게 주려 했는데
　　실수로 꽝꽝 얼린 한 컵의 물
　　물밑의 징검다리, 쓰임을 알 수 없는
　　약들이 있다

쉽게 말할 수 있는 미래와
뭐라 규정할 수 없는 "지금 여기"
더듬거리는 혀들이 있고

동물원에 가서 검은 정글원숭이들과 싸우고 싶었는데
팬지 화분을 선물 받은
어린 시절에 대해서라든가,
영원한 태양보다는

그늘에 자라는 붉은 잎의 사실성을 믿는 그런 사람에 대한 부러움
혹은 몇몇 시인에 대한 뜨거운 사랑이 있다

그것이 만들어낸
이전 詩들과
이번 詩 사이의 고요한 거리

그 위로
시간이 눈처럼 자꾸 내렸다
아무것도 하얗게 덮지 않고 흩어져버렸다

새벽 세시

하늘에 모자들이 가득 떠다닌다
나무의 빛나는 눈을 덮는다

골목 담장에 따닥따닥 붙어 있는 검은 조개들
입을 벌리고 시간을 삼킨다
불면증 환자는 지금 커다란 장롱 속에서 도망 중이다
무한히 늘어나는 밤의 팔로부터

잠들어 있는 새들을
꿈의 얼룩고양이가 덮친다
늙은 세일즈맨은 잠옷차림에 서류를 들고
축축하고 거대한 버섯들 사이로 갈팡질팡 걸어다닌다

노란 기린이 지하도 밑으로 내려간다
부랑자의 잠든 그림자를 한 입 뜯어먹으러
시계의 분침과 시침 사이에는
침묵의 알이 끼어 있다

네시의 기차가 오기 전에
쓰레기들이 은빛 레일 밖으로 치워진다

서른 살

어두운 복도 끝에서 괘종시계 치는 소리
1시와 2시 사이에도
11시와 12시 사이에도
똑같이 한 번만 울리는 것
그것은 뜻하지 않은 환기, 소득 없는 각성
몇 시와 몇 시의 중간 지대를 지나고 있는지
알려주지 않는다

단지 무언가의 절반만큼 네가 왔다는 것
돌아가든 나아가든 모든 것은 너의 결정에 달렸다는 듯
지금부터 저지른 악덕은
죽을 때까지 기억난다

카프카의 연인

창문 밖 전나무 가지 위에서 까마귀가 운다. 누가 뱉어놓았지? 저녁노을에 모처럼 활짝 잎을 펼친 꽃들은 가래침으로 덮여 있다. 맑은 밤이면 하늘 가득히 누군가 빼놓은 눈알들이 빛난다. 알리바이가 필요할 때를 제외하고, 늘 그는 커튼을 닫는다. 아무도 모르지만 그에게도 아들은 있어. 사귀던 여자는 초콜릿시럽이 잔뜩 발린 거대한 아이스크림을 낳았다. 오! 내 아들 그가 열정적으로 포옹했을 때 녹아버린, 온몸에 찐득거리며 끝도 없이 흘러내리는 것, 침대에 누워 그는 이빨을 부딪치며 명상에 잠긴다. 아들도 아버지도 낳지 말아야 해. 꿈속에 난 창문을 뛰어넘어 멀리 보이는 아름다운 길로 도망가자. 붉은 병정개미떼 몰려나오고 길은 살을 물어뜯긴 지렁이처럼 미친 듯이 꿈틀거렸다. 그는 악몽을 꾸며 오리털 이불을 찢는다. 방 안 가득 날리는 깃털들이 그의 비명을 덮는다. 하지만 커튼 틈새로, 새벽까지 빛나던 몇 개의 눈알들이 그 밤을 증언할 것이다.

덜덜거리는 보일러 소리에 그녀는 옛 애인의 비명을 듣지 못한다. 게다가 밀레나*는 오늘 하루 너무 피곤하므로. 오전에는 두번째 아이를 지우고 미역국을 맛있게 먹어치웠다. 아직도 그녀는 행복해. 네번째 애인은 선반공, 손가락이 여덟 개나 남아 있고. 그녀는 배를 깔고 새우깡을 먹다, 따스한 보일러통 옆에서 잠이 든다. 아주 사실적으로 침을 흘리며.

* 밀레나: 카프카의 연인.

정육점 여주인

유리창 밖으로 붉은 눈발 날린다
커다란 칼을 들고 다정한 눈망울로 바라보는 수소를 힘껏 내리치던
때가 있었지, 요즘엔 아무 일도 없다
냉기로 달아오르는 난로 옆에서 그녀는 중얼거린다
천장에 오래 켜놓은 형광등이 깜박인다, 칼은 녹슬었고

오늘 밤에는 들판에 나가야겠다
풀 먹인 하얀 앞치마에 가득히 떨어지는 별을 받으러.
장미 성운에서 온 것들이 쇠 다듬는 데 최고라니까
그녀는 왼쪽 유방의 부드러운 뚜껑을 열고
하얀 재를 한 움큼 쥐어본다

유리창 밖 풍경은 거대한 얼음 창고 안에 갇혀 있다
눈보라 속 나무들이 공중에 냉동고기처럼 검게 달려 있고
유리창에 입김을 불어가며 그녀는 바라본다
붉은 눈송이들이 녹아 흐르며
피범벅된 송아지 같은,
제대로 일어서지 못하는 물렁물렁한 세계를.

미리 갈아놓은 칼로 겨울의 탯줄을 끊어야 한다
길고 부드러운 혀로 떨고 있는 어린것을 핥아주는 일.

여자가 성에 낀 유리창을 활짝 연다
눈이 그치고 맑은 하늘에 토막 난 붉은 구름 떠간다

줄리엣

더는 못 기다려,
배가 고파

그녀가 스푼을 들며
말했다

죽음의 수프 그릇에서
김이 모락 피어났다

거인족

별은 없었다
그녀도 없었다
나는 화가 나서
해를 향해
술병을 던졌다
해가 산 뒤로 슬쩍 피하며
딱딱하고 캄캄한 하늘이
술병에 부딪혀 깨지며 쏟아졌다

별은 없었다
그녀도 없었다
이글거리는 나의 눈동자 속으로
유리조각이 산산이 쏟아져내렸다

유괴

아주 어렸을 적, 혼자서 별들의 놀이터에 있을 때였다
그는 어디로부턴가 와서 알 수 없는 곳으로
나를 끌고 갔다
내가 두려움에 떨며 처음 울음을 터뜨린 곳은
어느 낯선 집 차가운 요람 속이다
그의 말로
　그는 세상에서 덧셈을 가장 잘하는 사람이다
　수만 개의 돌을 쌓아 도시를 만들었다
　수만 개의 물방울을 모아 저수지를 만들었다
　수만 개의 불꽃을 타고 화성에도 다녀왔다

　유괴범, 그에게는 덧셈의 가업을 이을 장자가 필요하다
　유괴범, 그의 이름은 아버지다
　유괴범, 그는 나를 좁은 철창에 가두었다

옛날을 생각하며 나는 눈물 흘린다
동쪽 바다에 오른발 담그고
서쪽 바다에 왼발 담그고
당신 곁에서 바다 가득 물보라 일으키며

물장구치던 시절

쇠창살에 밤하늘 별들이 비친다
구름 사이로 나를 내려다보는 어머니
부드러운 빛의 슬픈 손가락이
내 입술을 어루만진다

귀가

나는 드릴처럼 튼튼한 이를 가진 쥐였다
내 가족이 사는 집 콘크리트 벽에
구멍을 내고 숨어들고 싶었다

집은 세상에서 가장 단단하다
집에 가려면 수챗구멍으로 들어가야 한다
성당의 내부를 장식했던 꽃 쓰레기들과
제사 때 먹다 버린 과일들
누군가 시궁창에 매달아놓았다
파란 모기떼 인도하는 어두운 길 따라가면
오! 내 어머니 사시는 곳
나는 돌아왔다

집의 붉은 혀가
깊은 뱃속으로 삼켜버렸다.

도시

유리로 된 미끄러운 길을 굴러가는 바퀴들
주황색 다알리아의 무수한 겹꽃잎
버스 정류장 구인 광고에 붙어 있는 하루살이떼
개들은 흰 진흙의 맛을 보고 있다
하늘에는 낡은 동전 같은 낮달 뜬다

야간 노동자

한때 아침은 단단한 울타리.
별들의 목장에 쳐놓았다
한때 별들은 얌전한 짐승, 울타리에서 도망치지 않았다
나는 아침으로 쉬러 갔다
내가 돌아올 때까지
고요한 짐승, 별떼.

스물아홉 살의 아침이었다 우지끈 부서지는
소리, 잠이 오지 않았다 충혈된 입에서 벌어진 눈에서
시간이 질질 흘렀다
세워놓은 아침이 나무토막처럼 쓰러지는 풍경
난폭해진 짐승들 달아난다 아침을 밟고 간다
목장 너머
달아난 짐승들 떠돈다
점점 멀리……

나는 오래 기다려야 한다
밤이
해고하러 올 때까지

제2부 청춘

어느 즐거운 저녁, 미래는 과거라 불리고,
그때 우리는 돌아서서 자신의 청춘을 본다
—아라공

첫사랑

소년이 내 목소매를 잡고 물고기를 넣었다
내 가슴이 두 마리 하얀 송어가 되었다
세 마리 고기떼를 따라
푸른 물살을 헤엄쳐갔다

청춘 1

소금 그릇에서 나왔으나 짠맛을 알지 못했다
절여진 생선도 조려놓은 과일도 아니었다
누구의 입맛에도 맞지 않았고
서성거렸다, 꽃이 지는 시간을
빗방울과 빗방울 사이를
가랑비에 젖은 자들은 옷을 벗어두고 떠났다
사이만을 돌아다녔으므로
나는 젖지 않았다 서성거리며
언제나 가뭄이었다
물속에서 젖지 않고
불속에서도 타오르지 않는 자
깊은 어둠에 잠겨 누우면
온몸은 하나의 커다란 귓바퀴가 되었다

쓰다 버린 종이들이
바람에 펄럭이며 날아다니는 소리를
밤새 들었다

청춘 2

맞아 죽고 싶습니다
푸른 사과 더미에
깔려 죽고 싶습니다

붉은 사과들이 한두 개씩
떨어집니다
가을날의 중심으로

누군가 너무 일찍 나무를 흔들어놓은 것입니다

봄이 왔다

사내가 초록 페인트 통을 엎지른다
나는 붉은색이 없다
손목을 잘라야겠다

달팽이

집을 등에 이고 사는 것들은
모두 달로 가야 한다
나뭇잎 위에 앉아 있는 달팽이를 본 적이 있는가
배경으로 언제나 달이 뜬다
집이 아니야 짐이야
그 짐 속에는 아버지가 주무시고
어머니가 손톱을 깎으신다
동생은 수학 문제를 풀고
아버지 돌아가셨으면 좋겠어요
어머니 외출하셨으면 좋겠어요
꿈속에서 나는 자주 아버지를 총으로 쏴 죽였다
제발 나타나지 마세요 아버지 자꾸 죽어요
내 집이 피로 붉어요
얘야 노을이 져야 달로 간다
나는 너에게 가르쳐주고 싶다
달이 창백한 건 일찍 나왔기 때문이 아니야
달은 출혈의 산물이야

내가 얼마나 피 흘리고서야 잔잔히 떠오르겠습니까

그림 일기

그런 날이면 창백한 물고기에게 황금빛 수의를
땅이 내준 길만 따라 흐르는 작은 강물에게 거미의 다리를
무엇에 차이기 전에는 아무 데도 가지 못하는 돌멩이에게 이쁜 날개를
한 번도 땅의 가슴을 만져본 적 없는 하늘에게 부드러운 손가락을
높은 곳에서 떨어져본 마음을
더 높은 곳에서 떨어지는 마음 받아주는 두 팔을
높은 곳에 올라가기 전에
네 곁으로 가는 다리를
그러나 높은 곳에서 떨어져 이미 삐뚤어진 입술을
그 입술의 미세한 떨림을
그
떨림이 전하지 못하는 신음을
크게 그려줘 내 몸에 곱게 새겨줘
그런 날이면 망친 그림을
잘못 그려진 나를 구기지 말아줘 버리지 말아줘
잘못 그려진 나에게 두껍게 밤을 칠해줘
칼자국도 무섭지 않아 대못도, 동전 모서리도, 그런

날이면 새로 생긴 흉터에서 밑그림 반짝이는 그런 날

별은 물고기

해왕성 건너 명왕성 건너
밤
하늘에 사는 물고기

아가미 열릴 때마다
별 떨어집니다, 떨어지는 것은
날카롭습니다

한 여자 맞습니다
흰 목덜미가 길고 붉게
잘렸습니다 사람들이 몰려옵니다
메고 가서 바다로 던집니다

목을 베인 그 여자, 아가미 얻었습니다
부레 가득히 공기를 채워
밤하늘 위로 떠오릅니다
헤엄치다 건드립니다

또 한 사람 맞습니다
별에 맞아 죽습니다

무신론자

스위치를 올려주소서
깜깜한 방 속에서 무릎 꿇고 기도하는 대신, 왜 그랬을까
아무것도 안 보이는 밤거리로 나가 무신론자,
그는 어디로 굴러가는지 모르는
속이 빈 커다란 드럼통을 요란하게 굴렸을까

유신론자는 겸손해진다
신이 푸른색 양피지에 적어
돌돌 만 수수께끼 두루마리를
끝도 없이 자기 앞에 늘어놓을 때

그러나 무신론자, 그에게는 다만 즐거운 일
여름이 되면 장미 정원에서
수만 개의 꽃송이가 저절로 피어나듯
수수께끼들이 뿜어내는 향기를 맡으면 되는 일이다
피지 않고 떨어지는 꽃봉오리도 그런대로 좋은 법

유신론자는 매일 확인한다
어디에나 똑같이 찍힌 신의 엄지손가락 지문을

돛단배 사과나무와 기린 화산 무지개
수염고래가 뿜어내는 투명한 물줄기에서
잠자리 날개의 은빛 무늬에서

그런 관점을 비웃을 틈은 없다
사물의 바닷가에 기기묘묘하게 그려진 모래 그림을 관찰하느라
무신론자, 그는 항상 바쁘니까
순간의 파도가 밀려왔다 밀려가는 잠깐 동안에
한 번도 똑같지 않은 그 기하학적 연속 무늬를

그는 어리석다, 유신론자가 보기엔
이미 만들어진 구름다리를 두고
차들이 과속으로 달리는 도로 속으로 들어가니까
노란색 페인트 통을 들고
자신이 지나갈 건널목을 멋대로 그리면서

유신론자처럼 무신론자도 죽는다
두 사람은 수줍게 머뭇거리며 나아간다
하느님의 두 손바닥으로

밤하늘 별로 만들어진 저울 위로
영혼의 무게는 똑같다
사이좋게 먹으려고 두 쪽으로 쪼개놓은 사과처럼

견습생 마법사

대마법사 하느님이 잠깐
외출하시면서
나에게 맡기신 창세기
수리수리 사과나무 서툰 주문에,
자꾸만 복숭아, 복숭아나무

내가 만든 사과 한 알을 따기 위해
이브는 복숭아가 익어가는 나무 그늘에서 기다리다, 잠이 든다
에덴 동산의 시간에 출현한 무릉도원
그 이후로는 모든 것이 뒤죽박죽

윌리엄 텔은 아들에게 독화살을 날리는
비인간적인 일에서 해방된다
백설공주는 일곱 난쟁이와 함께 행복한 여생을 마치고
왕비는 여전히 질투심에 불탔지만 한 알의 사과를 구하지 못했네

복숭아나무 아래 떨어지는 분홍 꽃잎, 꽃잎
뉴턴은 물끄러미 바라만 보고

만유인력 법칙도 상대성 원리도 우주선도 사라진다
맑은 밤, 들에 나가면 목성의 주황색 얼음띠가
예쁜 팔찌처럼 선명하네

그래도 세잔은 한 알의 복숭아로 빛의 마술을 부렸겠지
프로스트는 복숭아를 딴 후에 한 편의 시를 완성했을 거야

트로이 전쟁에 쓰려고 준비해둔 한 알까지
사과의 역사책을 얼른 덮고,
빈 사과 궤짝을 타고 나는 도망가야겠다
하느님이 돌아오시면 화내며 세상을 멸망시키실까
그래도 나는 오늘, 한 그루 말〔言〕의 복숭아나무를 심으리라

고요한 저녁의 시

자 그러니 말해봐 너에게 저녁은 어떻게 오지
길가, 활짝 핀 빨간 꽃들이 자동차 엔진처럼 붕붕거리고
여자애들의 하얀 스커트가 휘날릴 때
이 거리에서 저 거리로
눈부신 바람이 소란스럽다
너는 눈이 아프다

꽃들도 빨리 시들고
구름 뒤로 숨는 달과 별처럼
나무들도 어둠의 커튼으로 제 몸을 가려야 한다
오늘 밤은 푹 자야 한다
집들도 창문도 열리지 않고
돌아오다 문 앞에 선 너도
네 집의 문을 두드리지 말고
그 앞에 누워라
달력도 덮고
시계도 맞추지 말고.
끝없이 되풀이될 소란함과 분쟁을 만드시느라
일찍 잠자리에 든
신의 곤한 호흡 속에서 이 거대한 정적

창세기의 첫 일요일 저녁처럼

침묵에서 나온 것들은 모두 침묵으로 돌아간다

어제

나는 너를 잊었다, 태양이 너무 빛났다
내 집 유리창이 녹아버린다, 벽들이 흘러내리고
시간의 계곡으로 나는 내려가고 싶다

어릴 적에는 어제를 데려다 키우고 싶었다
오 귀여운 강아지, 강아지들, 내
가 굶겨 죽인 수백만 마리

강철 종이의 포크레인으로
어제들의 거대한 공동묘지를 뒤집을까?
오늘 혼자 부르는 노래는 지겹다
그러므로 나는 오늘을 명명한다, 베껴 쓰기의 시간이 돌아왔다고

플라톤을 베낀다 마르크스를 베낀다 국가와 혁명을 베낀다
무엇을 할 것인가를 베낀다
어떤 목소리는 바위처럼 단단하고
어떤 목소리는 바위에 떨어지는 빗물 같다

오늘의 메마른 곳에 떨어진
어제라는 차가운 물방울

무수한 어제들의 브리콜라주로 오늘의 화판을 메워야 한다
태양이 너무 빛났다, 어제와 장미 향기가 다 증발하기 전에
너를 그려야 한다

카오스
—K에게

“나는 왜 이렇게 사소한 일에만 분개하는가”
모래야 먼지야 나는 왜 이리 작으냐구?
그래, 그것은 너무 가벼운 반성
나비의 날갯짓으로 되어 있는,
오래된 집의 거미줄처럼 상투적인.

노랑나비가 팔랑거렸다
매일 그런 것처럼,
아프리카로 달아나던 내 마음에 폭풍이 쳤다

추락

높은 데서 떨어지고 싶다
식물원 천장, 빛의 유리창을 박살내고

땅 위를 걷는 새들 지나
하수구 바닥에 모인 검은 쥐떼에게

잠시 목례하고
계속 떨어지고 싶다

암매장된 부랑자의 흰 뼈를 어루만지며
흐르는 젖은 노래에게로

燃霧 도시

하루 종일 졸린 잠이야 그 잠 속엔
볼 만한 비디오도 되새길 경구도 없어
그냥 안개 속 같은 잠이야, 라고 잠꼬대하는 순간
안개 속에서 총성이 울리고
안개 속에서 누군가 살해된다
안개 속에서 어디론가 실려가고
모르는 누군가에게 취조당한다
나는 아무것도 협조하지 않았어 아메리칸 드림도
저팬 드림도 꿈꾸지 않았어 빨간 불일 땐 정지했고
휴일과 안식일도 거르지 않았다 한 번도 여당은 뽑지
않았고
금지된 장소에서 개나 오리를 잡은 적도
잔디밭에 들어가 오줌을 눈 적도, 그런데 왜

기계들은 피 흘리며 돌아가는가
착한 사람들의 국경선은 불타는가

치솟아 오르는 燃霧 도시 한가운데
내 코가, 내 입이, 내 눈이 잠든다
우주의 고층빌딩 꼭대기 작은 창

신이 빼꼼 얼굴을 내민다, 살 타는 냄새
탁, 창문을 닫는다

詩

비가 후드득 떨어지기 전에
흔들거리는 풀잎이야
너의 부드러운 숨결이 닿기도 전
터지는 비눗방울
네 눈빛에 꺼지는 촛불이야
알 수 없는 깜박거림, 이 오래된 어둠 속에서

빙산의 가장 깊고 투명한 곳에서
터져나오는 열기
쩍쩍 갈라지는 얼음이야
알 수 없는 곳에서 날아와
심장에 정확히 꽂힌 칼
콸콸 쏟아지며 거즈를 적시는 피처럼
사막을 물들이는 저녁노을이야
발가벗은 낮의 하얀 유방을 감싸는
검은 어둠의 실루엣

너를 보려고
이제 눈을 감아야 하나
도시 재개발 지역에서 마지막으로

무너져내리는 담벼락,
폐허에서 들려오는 아이의 울음이여
나를 위해 마지막으로 벌어졌던 입술
사이로 드러난 너의 희고 고른 이여
가벼운 한숨에도 날아오르던 깃털들
나풀거리며 책상 아래로 떨어져내리는 내가 오린 종잇조각이여
바람 속에서 흔들리던 나무 아래
내 얼굴로 쏟아지던 하얀 꽃잎, 꽃잎

내가 이름을 불러보기 전에
사라져버린 것들이여
내가 입을 열기 전에 숨어버린 모음들
손을 담그기 전에 흘러가버린 강물이여

너를
만나기도 전에

알 수 없는 폭풍 속에서
나는 그 많은 나뭇잎을 다 떨어뜨렸어

푸른색 Reminiscence

진희영 생일　　　　　3월 15일
윤정숙 결혼 기념일　3월 16일
진은영 생일　　　　　3월 17일
그러니까 동생이 출생하고 나서
엄마가 결혼하고
나 태어나게 되었지

다트 화살을 힘껏 던지면
시간의 오색판이 빙그르르 돌아간다

시를 쓰고 나서 혁명에 실패하고
한 남자를 사랑하게 되었는지
혁명에 실패하고 나서 한 남자를 사랑한 후
시를 쓰게 되었는지

추억은
커다란 뚜껑이 달린 푸른색 쓰레기통
열어보지 않으면, 산뜻하다
모든 것이 푹푹 썩어가도

제3부 바깥 풍경

오 삶이여, 삶 그것은 바깥에 있다는 것.
활활 타는 불꽃 속의 나
나를 아는 자 아무도 없다.
—릴케

대학 시절

내 가슴엔
멜랑멜랑한 꼬리를 가진 우울한 염소가 한 마리
살고 있어
종일토록 종이들만 먹어치우곤
시시한 시들만 토해냈네
켜켜이 쏟아지는 햇빛 속을 단정한 몸짓으로 지나쳐
가는 아이들의 속도에 가끔 겁나기도 했지만
빈둥빈둥 노는 듯하던 빈센트 반 고흐를 생각하며
담담하게 담배만 피우던 시절

어느 눈 오는 날

나

나

나

나
는 공사판으로 내려온 눈송이
한 일이라곤 증발하는 것뿐이었다.

다른 눈송이들이 인부의 어깨를 적시는 동안
다른 눈송이들이 거리를 덧칠하는 동안
다른 눈송이들이 아이들의 다리를 흔드는 동안

한 일이라곤 증발하는 일,
낼름거리는 불꽃의 드럼통 속으로

나의 일

체조 선수의 비단 리본처럼 풀리는 시간 속에서
사루비아의 중얼거림,
새들의 날아오르는 언어
붕붕거리는 벌들의 몸짓을
번역하는 일

나는 실업자가 되었다
제비들은 전깃줄에만 앉아 있으니까
꽃들은 모두 먼지투성이
꿀벌들을 모으기 위한 꿀 한 방울도 말라버렸다
이곳에서는 몽상가도 매너리즘에 빠진다

가끔 일이 생기기는 한다
길 한가운데
5톤 트럭에 깔린 비둘기들,

하루 종일 핏빛 깃털들이 거리에 휘날리는.

벌레가 되었습니다

내 방이었습니다
구석에서 벽을 타고
올라갔습니다
천장 끝에서 끝까지
수십 개의 발로 기었습니다
다시 벽을 타고 아래로
바닥을 정신없이 기었습니다
이렇게 많은 다리를 가지고도
문을 찾을 수 없다니

밖에선 바퀴벌레의 신음 소리
아버지가 숨겨둔 약을 먹은 것입니다
어머니 내 책상 위에
아버지가 피운 모기향 좀 치우세요
시집 위에 몸 약한 날벌레들
다 떨어지잖아
동생 문 열고 들어옵니다
나는 문밖으로
재빨리 나가려고……

동생이 소리 질렀습니다
여기 또 있어

나무가 되어 기다렸어요

어릴 적에요
내가 만든 비눗방울 사라져버렸어요
제일 작고 몸이 약한 비눗방울
집으로 데려오고 싶었는데요
놀다 보니 사라져버렸어요 누굴 따라갔을까
나무가 되어 기다렸어요
엄마가 담아주시는 밥을 먹으면서
아무 데도 가지 않고 줄곧 여기에서
돌아오면 안아주려고 두 팔을 벌리고서

내 가지 사이로 새소리 들려와요
일제히 부르는 소리예요 나도 따라 부르고 싶지만요
입 벌리면 입 안 가득
튀어나옵니다 하얀 밥알들
입 다물고 먹어라 혼이 났습니다

　　나도 새들처럼 굶을 걸 그랬어
　　떨어뜨린 밥알들이나 심어볼까
　　밥알들은 어떤 싹을 틔울까요
　　부드러운 침을 발라주면 잘 자랄까요

나무가 되어 오래 기다렸어요
나는 자랄수록 몸이 약해져요
다른 것들의 그림자하고만 놀아요
오늘은 너무 아파요 낮의 그림자 딱딱해요
처음으로 밤이 되길 기다렸어요
밥풀나무의 밤 그림자 부드러웠어요
밥풀나무 꼭대기에 노랗고 더 부드러운 게……

밤하늘 한가운데의 비눗방울
내가 만든 비눗방울
몸이 약해서 올라갔어요
아무에게도 부딪히고 싶지 않았어요

달팽이 대장

나는 달팽이의 대장
비 오는 날엔 목을 길게 빼고
쏟아지는 빗물 받아 마셨다
축축한 담장 밑에 모여
우리들은 벽을 오르고 싶다

벽은 멀어도
꼭대기에 오를 때까지
비는 내릴 거야
중간쯤 올랐을 때
벽이 뜨거워지기 시작했다

친구들은 몽글몽글 햇빛에 구워진 빵처럼
말라갔다
더러는 조금 위에서
더러는 조금 밑에서
거대한 벽의 사막에서
점점이 수직으로 붙어서

바다를 증명하려는 조개의 화석처럼

그 애들이 굳어가는 걸
보았다 나는
조금 더 천천히
조금 더 단단히
굳어가면서

악어를 위하여

자 덤빌 테면 덤벼봐
악어는 정글 속 가장 깊은 곳에서
이를 갈며 기다리고 있다
복병처럼 숨어서 뒤통수를 후려갈기는 세상이여
나의 납작해진 뒤통수를 보아라

질척질척한 늪, 진흙 속을 뒹굴며 헤엄치다
가끔 열려 있는 하늘 위로 홀로 비상하는 것들을 보면
악어는 입을 쩍 벌린다
단 한 입에 끝내주겠다는 듯이

이 정글의 어떤 사내도
그놈을 길들일 순 없지
어느 새벽녘, 여린 풀잎의 꿈들이
놈의 슬픔을 어루만질 때
진흙 밑에 숨겨오던 희고 부드러운 배를
슬쩍 드러내겠지만

정오의 햇빛 사이로 숲이 뜨거운 입김을 뿜어내는 계절
몇 발의 총성이 울리는 어느 날

사냥꾼들은 맥주로 검은 수염 적시며
승리의 모닥불을 피우는 그 순간에도
그 이름을 두렵게 불러볼 것이다

악명 높은 동물이여
죽어서 고급 피혁 제품으로 변신한 뒤에도
복종하지 않는 자의 최후가 갖는 비장미를 자랑하며
번쩍이는 그 이름. 으, 악, 어

마더구즈

1

딴전 피우면서 이렇게 점잔을 빼면서
활자의 보도블록을 걸어가도 될는지
검은 문장들 사이로 연둣빛 흙터 들쑤시고 나올는지
이 풀잎을 전시하는 것 필요합니까
꼭 보여드려야 낫습니까

이 길의 끝에는 무엇이
알고 싶지 않습니다 이미 알고 있습니다
이 길의 끝에는 나만큼
오래된 책, 더 오래된 솥
나는 그 솥에 물 끓이면서
마더구즈를 펼치면서
엄마 거위의 목을 따면서 흰 깃털을 뽑으면서

2

거위의 희고 많은 깃털들 밑에 눈동자
사과 팔다 매맞아 죽은 왼쪽 눈동자
집 지키다 깔려 죽은 오른쪽 눈동자

나는 눈 감고 싶어라
좌우 시선을 피하고 싶어라
이 털을 다 뽑고 나면 더 많은 눈동자들

눈동자가 흘리는 진물이
내 입으로 들어옵니다
몸을 공명시키면 작은 강도 깊게 울립니다
그 물가에 묻어드리고 싶습니다
거리에서 심장마비로 죽은 젊은 눈동자
감옥에 무기수로 잡혀 있는 시의 눈동자
내가 죽인 거위 눈동자 곁에 다른 눈동자
묻어드리고 싶습니다

3

나는 물가에서 기다린다
새끼 거위들
복수하러 오리라
부리에 피 맺히도록 쪼아대리라
꽤액꽤액 울면서 나는

이야기 하나씩 지어내리라

나는 내가 제일 듣기 싫어하는 목소리입니다

하나의 밀알이 썩어

한 알의 밀알로 썩어
거대한 밀밭을 꿈꾸는 사람들

나는 하나의 밀알로 썩어
세상의 모든 바람이 취기로 몰려오는
한 방울 향기
아득한 밀주
아무런 후일담도 준비하지 않는

첨탑 끝에 매달린 포도송이

이곳의 태양은 너무 뜨겁다
살아남은 사람들은 깊은 그늘을 찾는다
건물에는 너무나 많은 창들
이 건물의 창은 저 건물의 창에게 빛을 반사한다
창문들의 빛 속에서 사람들은 유령처럼 걸어다니고
자기의 그늘을 위해 집으로 간다
(소용없는 일이다 빛 기계는 지붕들을 다 폭파해버렸다)

네가 흘린 눈물은 다 어디로 갈까
네가 떨어뜨린 물방울은 다 포도송이가 되었다
건물들 사이로 솟은 첨탑 꼭대기에
매달린 포도송이
누구의 그늘이 될 수 없다
죽어가는 사람들이 입을 축일 수도 없다
열매가 투명해서 아무도 따먹을 수 없다
그러므로 이제 나는 쓴다
너에게 수천 개의 물방울이 모여든 이유를

네가 스무 살이 되기 전에 사람들이 학살되었다 이곳에서

스무 살이 되었을 때 노동자들이 분신했다 이곳에서
스무 살이 된 이후로도 다른 스무 살들이 어디론가 끌려갔다 이곳에서
빈방의 아이들은 불타 죽고 이곳에서
철거촌 사람들은 깡패에게 맞아 죽고 이곳에서
라고 나는 쓴다 이곳은 조용하다
라고 쓰고 이곳에서 일어난 일을 잊지 않겠다
라고 쓴다 보랏빛 젖은 안개로 쓴다

네 투명한 포도알 위에
스무 살 메마른 입술 위에

바깥 풍경

1
강의 상류에 살았다
살았지만 더러웠다 시작답지 않게
첫발부터 진창이었다

딴 아이들 놀다
돌아오는 먼 하구
강물 위로 공장의 그림자가
진다고 했다 그 어디쯤

아버지 무얼 낚고 계실까
소문만 무성하던 금빛 고기떼
어디로 갔는지, 흐르는 폐수 사이
언뜻 본 듯 만 듯

2
유년의 깨진 창 틈으로 할머니
들어오신다

망할 년, 밤에 무슨 휘파람이야
뱀 나오라구요 뱀아 제발
나오렴 독 품은 이빨로 뒤꿈치 좀 물어줘

당신이 던진 술병에
아침
산산이 빛나던 마당의 햇빛

3
엄마 일하러 갔다 나만 남기고
일렬종대로 서봐, 동생들 구령을 붙였다
하나
둘
셋
엄마 가슴에 훈장처럼 매달려 있어야 해
우리 모두 명예롭게

퐁당퐁당 돌을 더언지자, 돌멩이 같은 동생들
누이 몰래 던져졌으면, 몹쓸

계집애 넌 큰언닌데
걱정 말아요 다시는 수면 위로 못 떠올라도
매달고 가라앉아 그 애들

엄, 마, 제, 발, 독, 촉, 하, 지, 마, 세, 요,
슬쩍 흘겨보면 江風에도 플라스틱 꽃처럼
잎사귀 하나 떨구지 않던 어머니, 이상도 하지
내 어린 숨결에도 시드시네

4

어디로 숨어야 할까, 나는
자꾸 기어 들어갔다
동화책 크기만 한 꿈 속으로

집에 꽂힌 책은 다 읽었다 단 세 권만
읽혀지지 않았다 아버지, 엄마
아버지의 엄마
아무 때나 덮고 치울 수 있다면

이제 나는
숨을 곳도 없는 스물세 살
오래도록 보고 있으면 눈물났다
풍경, 내 마음의 바깥

무궁화꽃이 피었습니다

무궁화꽃이 피었습니……다
한……발 무궁화꽃이 피었습……니다
두우 발 무궁화꽃이 피었습니이다
다가와…… 무궁화꽃이 피었습니다
무궁화꽃이 피었…… 언뜻 스친
그대

긴 손가락의 詩

시를 쓰는 건
내 손가락을 쓰는 일이 머리를 쓰는 일보다 중요하기 때문. 내 손가락, 내 몸에서 가장 멀리 뻗어나와 있다. 나무를 봐. 몸통에서 가장 멀리 있는 가지처럼, 나는 건드린다, 고요한 밤의 숨결, 흘러가는 물소리를, 불타는 다른 나무의 뜨거움을.

모두 다른 것을 가리킨다. 방향을 틀어 제 몸에 대는 것은 가지가 아니다. 가장 멀리 있는 가지는 가장 여리다. 잘 부러진다. 가지는 물을 빨아들이지도 못하고 나무를 지탱하지도 않는다. 빗방울 떨어진다. 그래도 나는 쓴다. 내게서 제일 멀리 나와 있다. 손가락 끝에서 시간의 잎들이 피어난다

해설

내게서 먼, 긴 손가락

이광호

1. 손가락

우선 시인의 손가락에 관해 말해보자. 손가락이란 무엇인가? 손가락은 무엇을 가리키는 의미 행위의 마력을 보유한다. 손가락은 대상에 관한 주체의 감정과 의식을 표현한다. 손가락은 지적하고, 감탄하고, 축복하고, 약속하고, 경고하고, 판정하고, 경멸하고, 망설이고, 침묵한다. 가령 '침묵'이라는 전언은 손가락을 입술에 갖다 대는 표현에 의해서 가능하다. 그것은 인식과 판별의 표지이다. 그러니까 손가락은 그것을 '소유한' 주체의 의식을 표현하는 신체의 끝이다. 그것은 주체의 중심에서 뻗어나온 의식의 지향점을 가리킨다. 그러나 과연 그것뿐인가? 시인에게 손가락은 "내게서 제일 멀리 나와 있"는 지점이다. 손가락은 혹시, 몸과 의식의 중심에서 '바깥'으로 탈

주하고 싶은 것은 아닐까?

시를 쓰는 건
내 손가락을 쓰는 일이 머리를 쓰는 일보다 중요하기 때문. 내 손가락, 내 몸에서 가장 멀리 뻗어나와 있다. 나무를 봐. 몸통에서 가장 멀리 있는 가지처럼, 나는 건드린다, 고요한 밤의 숨결, 흘러가는 물소리를, 불타는 다른 나무의 뜨거움을.

모두 다른 것을 가리킨다. 방향을 틀어 제 몸에 대는 것은 가지가 아니다. 가장 멀리 있는 가지는 가장 여리다. 잘 부러진다. 가지는 물을 빨아들이지도 못하고 나무를 지탱하지도 않는다. 빗방울 떨어진다. 그래도 나는 쓴다. 내게서 제일 멀리 나와 있다. 손가락 끝에서 시간의 잎들이 피어난다

—「긴 손가락의 詩」 전문

여기서 시에 관한 시인의 자의식이 비교적 선명하게 드러난다. 시는 '머리'로 쓰는 것이 아니라, '손가락'으로 쓰는 것이다. 이것은 단순히 '시는 몸으로 쓰는 것이다'라는 말과 다르다. '손가락'은 "내 몸에서 가장 멀리 뻗어나와 있"는 것이며, "몸통에서 가장 멀리 있는 가지"에 비유된다. '손가락-가지'의 비유 관계는 새로운 것은 아니다. 문제는 그것들을 몸의 중심에서 '다른 것'을 향하는 존재로 해석하는 방식이다. 그 '가지'는 가장 여리고, 가장 쓸모없는 존재이다. '손가락-가지'는 이를테면 몸의 극지(極地)이다. 그러므로 '손가락'으로 시를 쓴다는 것은, "내게서 제일 멀리 나와" 있는 지점에서 '외부'와 만

나려는 욕망과 관련된다. 그 지점이야말로 "시간의 잎들이 피어"나는 생성의 자리이다. 여기서 손가락과 관련된 주체 중심의 상징 체계는 전복된다. 손가락은 머리로부터의 명령을 수행하는 신체기관이 아니다. 그것은 '나 아닌 것'과 소통하고, '나 아닌 것'이 되려는 움직임의 일부이다. 그러니, 시인은 '긴 손가락'을 가진 사람이다.

진은영의 시집 안에서는 시에 관한 자의식을 드러낸 시들이 몇 편 발견된다. 젊은 시인의 첫 시집에서 '시에 대한 시'를 적지않게 만날 수 있다는 것은 드문 일에 속할지도 모른다. 이 젊은 시인은 시 장르에 관한 예민한 자의식에서 자신의 문학을 출발시키고 있는 듯하다. 장르에 대한 깊은 자의식을 소유한 자는 자기 부정(否定)을 통해 문학의 복수성(複數性)을 실현하는 사람이다.

이 시에는 아무것도 없다
네가 좋아하는
예쁜 여자, 통일성, 넓은 길이나 거짓말과 같은 것들이

다만

　문을 열자 쏟아지는 창고의 먼지, 심한 기침 소리
　네게 주려 했는데
　실수로 꽝꽝 얼린 한 컵의 물
　물밑의 징검다리, 쓰임을 알 수 없는
　약들이 있다

쉽게 말할 수 있는 미래와
뭐라 규정할 수 없는 "지금 여기"
더듬거리는 혀들이 있고
—「이전 詩들과 이번 詩 사이의 고요한 거리」 부분

'시'에는 아무것도 없을지도 모른다. "예쁜 여자, 통일성, 넓은 길"과 같은 '좋은' 항목들이 시에는 없다. "실수로 꽝꽝 얼린 한 컵의 물"과 "쓰임을 알 수 없는/약들"은 현실적으로 소용될 수 없다는 측면에서 아무것도 아닌 것들이다. 거기에는 또한 "뭐라 규정할 수 없는 "지금 여기"/더듬거리는 혀들"이 있다. 시는 비효용성과 모호성을 그 내용으로 한다. 시는 "일부러 뜯어본 주소 불명의 아름다운 편지"이며 "너는 그곳에 살지 않는다"(「일곱 개의 단어로 된 사전」). 시는 '불명'과 '부재'의 언어이다. 이런 이유로 "이전 詩들과 이번 詩 사이의 고요한 거리"는 시간이 축적되는 자리가 아니다. "그 위로/시간이 눈처럼 자꾸 내렸다/아무것도 하얗게 덮지 않고 흩어져버렸다." 시의 시간들은 쌓이지도 무엇을 덮지도 않는다. 어쩌면 언표되기도 전에 사라져버린 어떤 것들이 '시적인 것들'이다.

내가 이름을 불러보기 전에
사라져버린 것들이여
내가 입을 열기 전에 숨어버린 모음들
손을 담그기 전에 흘러가버린 강물이여

너를
만나기도 전에

알 수 없는 폭풍 속에서
나는 그 많은 나뭇잎을 다 떨어뜨렸어 —「詩」 부분

그렇다면, "내가 이름을 불러보기 전에/사라져버린 것들," "내가 입을 열기 전에 숨어버린 모음들"을 어떻게 '언어화'할 수 있을까? 언어화 이전에 사라져버린 것들, 혹은 언어로 붙잡을 수 없는 것들은 어떻게 시의 일부가 될 수 있을까? 진은영의 시어들은 그렇게 '사라져버린 것들' 혹은 '숨어버린 것들'에 바치는 '애도'의 형식이 된다. 애도는 우선 사라져버린 것들의 존재를 호명하는 일에서 시작된다. 다른 방식으로 말하면, '사라졌다'라고 말하는 순간에 이미 '호명'의 행위가 개입되어 있다. '사라졌다'는 말 자체가 그것들이 '존재했었다'라는 것, 그러니까 그 존재들의 존재감을 호출하는 작업과 관련된다.

2. 예언

위대한 악을 상속 받았던 도둑들은 모두 사라졌다
밤〔夜〕 속에 가득하던 전갈들도

혼자 바닷가를 걷다가
바위와 바위 사이 구멍에 끼인 발

부어올라 빠지지 않는,
밀물이 들어오는 시간

검은 비닐 봉지조차 가끔은
주황 지느러미가 빛나는 금붕어를 쏟아낸다

어떤 표정을 지어야 할까? 이런 예언을 듣고,
모든 표정이 사라지는 한밤중에

—「모두 사라졌다」 전문

서로 분명한 의미 연관도 없는 듯한 불길한 이미지와 전언들을 시는 흘려보낸다. 그 이미지들은 이름 붙일 수 없는 시간의 틈새에 관한 징후적 장면들이다. 시적 자아는 그 징후들을 예민한 선지자처럼 읽어낸다. 화자는 그 불길한 이미지들을 일종의 '예언'으로 받아들인다. 거기서 '사라졌다'는 선언에 실려 있는 애도의 시간은 어떤 어두운 '미래'에 관한 예언의 시간과 겹쳐진다. "어떤 표정을 지어야할까"라고 자문하는 화자의 고백은 이 세계 바깥의 징후를 예지한 자의 발언이다. 시인-예언자는 그 징후를 먼저 읽어냄으로써 이 세계의 자명성과 완강함에 균열을 낸다.

물고기들이
노란 사이렌을 울리고
놀라서 고개 돌리면

저녁은 이미 교실 안으로 와 있다

칠판에는 백묵으로 무언가 적혀 있고
어둠 속에서 글자들은
너무 멀리 있어 이름을 알 수 없는 별처럼
희미하게 빛난다

하루 종일 침묵한 입을 위해
우리는 서로에게
강철로 된 드롭프스를 넣어준다 —「교실에서」 부분

'교실'은 정상성의 규범이 훈육되는 공간이다. 교실의 공간은 그러나 '저녁'의 시간이 들어오면 불길한 예언이 언표되는 자리가 된다. "백주대낮에는/하느님이 정하신 일만 일어나"지만, '저녁'이 교실 안으로 들어오면 내용을 알 수 없는 예언의 징후들이 드러난다. 그 불길한 징후들의 이미지를 뿌려놓고, 시인은 "하루 종일 침묵한 입을 위해" "강철로 된 드롭프스를 넣어"줌으로써, 그 낮 동안의 침묵을 보상하는 동시에 조롱한다. 그것은 침묵에 관한 공포를 확인하는 것이기도 하다. 교실에 틈입하는 저녁의 공간은, 정해진 일들만 일어나는 '낮-시간'이 불길하고 낯선 '밤-시간'으로 전환되는 그 틈새를 가리킨다.

어두운 복도 끝에서 괘종시계 치는 소리
1시와 2시 사이에도

11시와 12시 사이에도
똑같이 한 번만 울리는 것
그것은 뜻하지 않은 환기, 소득 없는 각성
몇 시와 몇 시의 중간 지대를 지나고 있는지
알려주지 않는다

단지 무언가의 절반만큼 네가 왔다는 것
돌아가든 나아가든 모든 것은 너의 결정에 달렸다는 듯
지금부터 저지른 악덕은
죽을 때까지 기억난다 —「서른 살」 전문

'서른 살'이라는 나이 역시 어떤 '사이'의 시간대이다. 한 번만 울리는 괘종시계는 어떤 시간들 사이의 "중간 지대를 지나고"있다는 것만을 말해줄 뿐, 몇 시와 몇 시 사이인가를 알려주지 않는다. 다만 '지금'이 어떤 시간들의 틈이라는 것만이 분명할 따름이며, 그 틈이 어떤 좌표 위에 있는가는 알 수 없다. "뜻하지 않은 환기, 소득 없는 각성"은 내용을 알 수 없는 시간에 관한 자의식을 만든다. '내'가 알 수 없는 시간의 틈새에 있다는 것, 나이에 관한 자의식이란 그런 것이다. '서른 살'에 관해 분명한 것은 이제 남은 생의 시간은 실존적 '결정'의 몫이라는 것, "지금부터 저지른 악덕은/죽을 때까지 기억난다"는 자기 진술은 그 실존의 시간에 관련된 개체의 윤리학이다.

3. 집

'집'과 '가족'에 관련된 진은영의 시들은 카프카적인 모티프를 연상시킨다. '집'에서의 '나'는 '벌레'와 '쥐'로 변신한다. '벌레 · 쥐 되기'란 무엇인가? 들뢰즈 · 가타리의 카프카론를 참조하면, '동물 되기 Devenir-animal'의 '배치'는 기존의 가족 관계의 '배치'를 교란하는 '고아 되기'의 '탈주선'과 연관된다. 그런데 진은영의 시에서 그 새로운 '배치'의 방식은 무척 암시적이다. 집의 그늘 혹은 배후의 존재들로서의 '벌레'와 '쥐'는 '집'에서 인간들과 같이 생활하지만, 인간들에게는 유해한 것들이다. 카프카의 작품에서와는 달리 진은영의 시에서 '나-벌레-쥐'는 가족들이 알아보지 못한다. 아무도 카프카의 작품 속의 '누이'처럼 벌레로 변신한 '나'를 측은하게 여기지 않으며, 가족은 그 '벌레'를 박멸해야 할 어떤 것으로만 취급한다. 여기서 가족 공간은 안락이 아니라, '공포'의 공간이 된다.

밖에선 바퀴벌레의 신음 소리
아버지가 숨겨둔 약을 먹은 것입니다
어머니 내 책상 위에
아버지가 피운 모기향 좀 치우세요
시집 위에 몸 약한 날벌레들
다 떨어지잖아
동생 문 열고 들어옵니다

나는 문밖으로
재빨리 나가려고……
동생이 소리 질렀습니다
여기 또 있어 —「벌레가 되었습니다」 부분

나는 드릴처럼 튼튼한 이를 가진 쥐였다
내 가족이 사는 집 콘크리트 벽에
구멍을 내고 숨어들고 싶었다

집은 세상에서 가장 단단하다
집에 가려면 수챗구멍으로 들어가야 한다
성당의 내부를 장식했던 꽃 쓰레기들과
제사 때 먹다 버린 과일들
누군가 시궁창에 매달아놓았다
파란 모기떼 인도하는 어두운 길 따라가면
오! 내 어머니 사시는 곳
나는 돌아왔다 —「귀가」 부분

앞의 시에서 '아버지'와 '어머니'는 벌레들을 박멸하기 위해 약을 숨겨두고 모기향을 피운다. '나-벌레'는 부모들이 장치한 살충제들을 피해 '문밖으로' 나가려고 애쓴다. 그러나 벌레가 문밖으로 탈출하기란 쉽지 않다. "이렇게 많은 다리를 가지고도/문을 찾을 수" 없다. 탈출을 시도하던 '나-벌레'는 동생에게 발각된다. 두번째 시에서 '나-쥐'는 "내 가족이 사는 집 콘크리트 벽에/구멍을 내고 숨어들고" 싶어한다. 그러나 "집은 세상에서 가장 단단하다." '나-쥐'의 "내 어머니 사시는 곳"으로 '귀가' 는 "파란 모기떼 인도하는 어두운 길"을 따라 '수챗구멍' 을 통해서만 가능하다. 그러나 이런 방식의 '귀가'가 의미하는 것은 "집의 붉은 혀가/깊은 뱃속으로 삼켜버"리는 것을 의미한다. '집-어머니 사시는 곳'은 단순히 모성적인 공간이 아니라, 괴물적이며 악마적인 이미지를 연출한다.

두 편의 시에서 '집-가족'은 탈출의 대상이고 귀소의 대상이다. 그러나 '탈출'은 실패하고 '귀가'는 새로운 감금 혹은 죽음을 의미한다. 가족-집은 귀소해야 할 본질적인 공간이 아니라, '적들의 집'이고 '타인의 방'이 되어버린다. 이미 '벌레 · 쥐'가 되어버린 '나'는 가족 공간에서 아무것도 아닌 존재이기 때문이다. '벌레-쥐'는 그들에게 '타자' 조차 되지 못한다. '벌레 · 쥐'에게 가족 공간은 유기체적인 연대감과 생장의 장소가 아니라, '죽음-죽임'과 함께 사는 지옥과 악몽의 장소이다. 이 '벌레 · 쥐 되기'의 시적 전언은 가족 관계를 둘러싼 이 세계와 체제의 완고성을 침식한다. '벌레 · 쥐 되기'를 통해 가족 공간 내부의 '공포'를 환기시키는 것은, 가족 관계를 중심으로 구성되는 제도적 삶의 자명성과 자연스러움에 균열을 내는 작업과 관련된다. 나는 그것을 '공포의 발견'이라고 부르고 싶다. 그러니, 다음과 같은 서늘한 시가 가능해진다.

> 밖에선
> 그토록 빛나고 아름다운 것
> 집에만 가져가면

꽃들이
화분이

다 죽었다

—「가족」 전문

4. 그녀

진은영의 시들에서 '가족-집' 공간에 대한 '나'의 관점에는 '여성적'인 시선이 내재되어 있다. 가부장제 혹은 전통적인 가족 삼각형의 완고성을 균열시키는 시선과 목소리는 '동물-여성 되기'의 연계 지점에서 가능해진다.

이를테면 '달팽이 되기'에 관련된 시를 보자. 습기를 받아 마시며 벽을 오르다가 말라서 굳어가며 죽은(「달팽이 대장」) 달팽이 '무리'에 관한 이미지는, 그것이 가지는 복합적인 상징성과 관련된다. 보편적인 상징 체계 안에서 달팽이는 껍질에서 나왔다가 사라지는 모양으로 인해 '달'의 상징과 연관되며, 껍질은 나선형의 미궁과 지하 동굴의 이미지를 가진다. 자웅동체로서의 달팽이의 생리학적 특징은 그 상징성을 복합적인 것으로 만들며, 느린 운동 방식은 '태만'과 '타락'의 이미지를 부여받는다. 진은영의 달팽이는 그런 보편적인 달팽이의 상징성과 관계 맺고 있지만, 또 다른 몇 가지 시적 문맥을 함유한다. 아래 시에서 달팽이를 "집을 등에 이고 사는 것들"로 묘사한 것은 이채로운 것은 아니다. 더 나아가 그 '집'을 "집이 아니야 짐이야"라고 표현한 것도 어떤 문맥에서는 충격

적인 것은 아니다. 문제는 거기에 '아버지 죽이기'와 '출혈로서의 달'의 모티프를 개입시키는 작업이다.

집을 등에 이고 사는 것들은
모두 달로 가야 한다
나뭇잎 위에 앉아 있는 달팽이를 본 적이 있는가
배경으로 언제나 달이 뜬다
집이 아니야 짐이야
그 짐 속에는 아버지가 주무시고
어머니가 손톱을 깎으신다
동생은 수학 문제를 풀고
아버지 돌아가셨으면 좋겠어요
어머니 외출하셨으면 좋겠어요
꿈속에서 나는 자주 아버지를 총으로 쏴 죽였다
제발 나타나지 마세요 아버지 자꾸 죽어요
내 집이 피로 붉어요
얘야 노을이 져야 달로 간다
나는 너에게 가르쳐주고 싶다
달이 창백한 건 일찍 나왔기 때문이 아니야
달은 출혈의 산물이야

내가 얼마나 피 흘리고서야 잔잔히 떠오르겠습니까

—「달팽이」 전문

달팽이의 "배경으로 언제나 달이 뜨"는 것은 보편적인 상징 체계와 관련된다. 시인은 그 무대 위에 가족 구성원

들을 등장시키기 시작한다. 물론 가족의 일상적 장면들은 금세 악몽의 자리로 바뀐다. "꿈속에서 나는 자주 아버지를 총으로 쏴 죽였다." '내 꿈 속'에서 '자꾸 죽는' 아버지로 인해 '집-짐'은 피로 붉어진다. 그 '피'는 '노을' '창백한 달'의 이미지로 연계되며, "달은 출혈의 산물이야"라는 진술에 이른다. 그러나 이 선명한 여성적인 상징이 시적 전언의 '결론'일 수는 없다. "내가 얼마나 피 흘리고서야 잔잔히 떠오르겠습니까"라는 마지막 진술에 이르러 '달팽이 되기'는 '달 되기'로 전환되며, 그것은 나아가 식별 불가능한 것 혹은 '우주 되기'의 시적 가능성에 다가간다. 물론 '달팽이 되기'에서 '달 되기'로 나아가는 그 복수(複數)의 '되기'의 과정에는 '여성 되기'라는 매개가 있다. 진은영의 여성적인 상상력과 이미지가 보다 선명하게 구현된 시는 「정육점 여주인」이다.

유리창 밖으로 붉은 눈발 날린다
커다란 칼을 들고 다정한 눈망울로 바라보는 수소를 힘껏 내리치던
때가 있었지, 요즘엔 아무 일도 없다.
냉기로 달아오르는 난로 옆에서 그녀는 중얼거린다
천장에 오래 켜놓은 형광등이 깜빡인다, 칼은 녹슬었고

오늘 밤에는 들판에 나가야겠다
풀 먹인 하얀 앞치마에 가득히 떨어지는 별을 받으러.
장미 성운에서 온 것들이 쇠 다듬는 데 최고라니까
그녀는 왼쪽 유방의 부드러운 뚜껑을 열고

하얀 재를 한 움큼 쥐어본다

—「정육점 여주인」 부분

'정육점 여주인'은 평균적인 의미의 여성적인 초상과는 구별된다. 식물적인 여성성의 이미지는 처음부터 배제된다. '칼을 든 여자'는 남성 원리와 권력을 보유한 여자이며, 희생양으로서의 '수소'를 제단에 바치는 여자 제사장이기도 하다. 그러나 "커다란 칼을 들고 다정한 눈망울로 바라보는 수소를 힘껏 내리치던" 일은 이제는 '과거형'이다. "칼은 녹슬었고," "요즘엔 아무 일도 없다." '수소'에 대한 그녀의 폭력성은 과거형으로 기술됨으로써 순치된다. 그 대신 "풀 먹인 하얀 앞치마에 가득히 떨어지는 별"이나 "왼쪽 유방의 부드러운 뚜껑" 등의 또 다른 여성적인 이미지들이 등장한다. 이것들은 제도적인 여성의 초상을 전복시킨 자리 위에서 재문맥화된 여성적 이미지들이다. 앞치마로 받은 별은 '녹슨 칼'을 다듬는 데 쓸 것이고, 유방에는 '하얀 재'가 들어 있다. 치마의 여성 원리와 칼의 남성 원리, 그리고 유방의 여성적 심상과 '하얀 재'의 죽음과 정화의 의미 자질은, 서로에게 스며들어 남성 원리와 여성 원리의 미학적 이분법에 균열을 낸다.

유리창 밖 풍경은 거대한 얼음 창고 안에 갇혀 있다
눈보라 속 나무들이 공중에 냉동고기처럼 검게 달려 있고
유리창에 입김을 불어가며 그녀는 바라본다
붉은 눈송이들이 녹아 흐르며
피범벅된 송아지 같은,

제대로 일어서지 못하는 물렁물렁한 세계를.
미리 갈아놓은 칼로 겨울의 탯줄을 끊어야 한다
길고 부드러운 혀로 떨고 있는 어린 것을 핥아주는 일.

여자가 성에 낀 유리창을 활짝 연다
눈이 그치고 맑은 하늘에 토막 난 붉은 구름 떠간다
—「정육점 여주인」 부분

이 시의 중요한 이미지 중의 하나는 '유리창'이다. '그녀'는 유리창을 통해 외부 세계를 본다. 유리창은 그녀와 외부 세계 사이에서 서로를 감금한다. 유리창은 외부와 내부를 소통시키는 것이 아니라, 구별짓고 가둔다. "유리창 밖의 풍경은 거대한 얼음 창고 안에 갇혀 있다." 그러나 '유리창'은 '벽'이면서 동시에 '눈'이며, 어쩌면 '출구'이다. 그녀에게 '본다'는 행위만큼 중요한 것은 없다. "유리창에 입김을 불어가며" 바깥을 바라보는 그녀는 '겨울의 탯줄'을 '칼'로 끊고, "길고 부드러운 혀로 떨고 있는 어린 것을 핥아주는 일"을 결행하려 한다. '겨울의 탯줄'을 끊는 '칼'은 이제 더 이상 남성 원리의 상징이 아니다. 그것은 유리창 밖의 세계를 '낳는' 행위의 일부이다. "여자가 성에 낀 유리창을 활짝 여"는 것은 '여성'으로서 '바라본다'는 행위의 연장이며 또 다른 층위의 실현이다. 눈과 성에의 흰빛과 대치되는 '붉은 눈발' '붉은 구름' '피범벅된 송아지' 등의 강렬한 색채 이미지, '칼'과 '성에' '얼음'의 딱딱한 차가움과 충돌하는 '왼쪽 유방' '피범벅된 송아지' '길고 부드러운 혀'와 같은 '물렁물렁'하고 따

뜻한 것들 사이의 감각적 대비는 강렬한 '여성적 시선'의 미학을 드러낸다. 가혹하게 아름다운 이 시는, '그녀-시인'의 '긴 손가락'으로 씌어졌을 것이다. ▨